AF603106

26 Mars 1906.

non paru à la gazette ✓

VENTE
des 26 et 27 Mars 1906
HOTEL DROUOT, SALLE N° 1
EXPOSITION PUBLIQUE
Le 25 Mars 1906

COLLECTION

DE

M. Tigrane KHAN, de Téhéran

Ex-Commissaire adjoint de Perse à l'Exposition de Liège

OBJETS ANCIENS DE LA PERSE

BEAUX TAPIS

Broderies, Brocarts, Velours, Toiles imprimées

FAIENCES ANCIENNES A REFLETS MÉTALLIQUES

DES XVe ET XVIe SIÈCLES

Armes, Bronzes, Cuivres

LAQUES — OBJETS DE VITRINE

Me **F. LAIR-DUBREUIL**, Commissaire-Priseur
M. **Arthur BLOCHE**, Expert près la Cour d'Appel

IMPRIMERIE ARTISTIQUE
C. CHAUFOUR
RUE MILTON 8.10
PARIS

CATALOGUE

DES

OBJETS ANCIENS DE LA PERSE

BEAUX TAPIS

Broderies, Brocarts, Velours, Toiles imprimées

FAIENCES ANCIENNES à REFLETS METALLIQUES

Plaques de revêtement, Vases, Plats, Bols, Bouteilles, etc.

ARMES — BRONZES — CUIVRES

Objets en acier damasquiné et incrusté d'or

LAQUES — CURIOSITÉS

COMPOSANT

la Collection de M. Tigrane KHAN, de Téhéran

Ex-Commissaire adjoint de Perse à l'Exposition de Liège

dont la Vente aura lieu

HOTEL DROUOT, SALLE N° 1

Les Lundi 26 et Mardi 27 Mars 1906

A 2 HEURES 1/4

Me F. LAIR-DUBREUIL	M. Arthur BLOCHE
COMMISSAIRE-PRISEUR	EXPERT PRÈS LA COUR D'APPEL
6, rue de Hanovre, 6	*51, rue Saint-Georges, 51*

EXPOSITION PUBLIQUE

Le Dimanche 25 Mars 1906, de 2 heures à 5 heures 1/2

CONDITIONS DE LA VENTE

La vente sera faite au comptant.

Les acquéreurs payeront *dix pour cent* en sus des enchères.

L'exposition permettant au public de se rendre compte de l'état et de la nature des objets, il ne sera admis aucune réclamation une fois l'adjudication prononcée.

DÉSIGNATION

TAPIS ANCIENS

1 — Tapis Mir fond rouge velouté, dessin très fin à palmettes, bordure fond crème et polychrome.

Long. 3m10. Larg. 1m75.

2 — Tapis de Djovcheghan fond rouge cerise velouté à rosaces et fleurettes au milieu d'ornements, bordure à rosaces et rinceaux.

Pièce rare.

Long. 2m35. Larg. 1m80.

3 — Grand tapis de Farahan fond crème, dessin très curieux représentant des oiseaux au milieu d'arbustes et de corbeilles de fleurs.

Long. 3m15. Larg. 1m75.

4 — Grand tapis de Farahan fond bleu velouté, dessin très fin à rosaces et fleurs au milieu d'arabesques, bordure fond vert.

Long. 4m. Larg. 1m85.

5 — Tapis rare Kirman fond bleu foncé à dessin rose et havane, représentant des vases de fleurs, arbustes et rosaces au milieu de palmes.

Long. 1m90. Larg. 1m40.

6 — Deux chemins fins, poils de chameaux, dessins mosaiques

Pièces rares.

Long. 4m80. Larg. 1m.

6 *bis* — Tapis analogue.

Long. 4m90. Larg. 1m.

7 — Grand tapis Hamandan fond bleu foncé, dessin représentant des ifs, des oiseaux, fleurs et feuillages au milieu d'arabesques.

Long. 3m20. Larg. 1m05

7 *bis* — Grand tapis Hamadanh fond bleu foncé, même dessin, bordure fond havane.

Long. 3m90. Larg. 1m90.

8 — Tapis très fin de Sineh fond havane, petit dessin à fleurs, rosaces et poissons.

Long. 2m. Larg. 1m35.

9 — Tapis du Bloudjistan fond bleu foncé velouté, dessins rouge, bleu et blanc à rosaces, palmes et ornements.

Long. 2m55. Larg. 1m70.

10 — Tapis fin de Sineh fond bleu foncé, le milieu à médaillon sur un parterre de fleurs et poissons chimériques.

11 — Tapis fond bleu foncé à dessin polychrome avec réserve de cavalier au centre, bordure à rosaces et ornements.

12 — Chemin fond bleu foncé, dessin à rosaces et carrelages. Kurdistan.

13 — Chemin fond rouge à palmettes et rinceaux en polychrome, bordure multicolore. Farahan.

14 — Petit tapis fond rouge vermillon, le centre à médaillon, les côtés à oiseaux au milieu d'ornements. Farahan.

15 — Tapis de Khorassan fond rouge vif velouté, le centre avec médaillon à rosaces, les angles à fleurs et ornements.

16 — Tapis de même provenance et de même dessin.

17 -- Petit tapis du Kurdistan, le centre à rayures crème, rouge et bleu foncé.

18 — Tapis fin de Chiraz fond bleu foncé, médaillon à rosaces et coqs.

19 — Chemin du Kurdistan fond bleu foncé, carrelages au milieu de médaillons octogones, entourage à animaux et personnages.

20 — Chemin du Kurdistan fond bleu foncé et velouté, dessin polychrome à rosaces et carrelages.

Long. 5m15. Larg. 1m.

21 — Tapis Kirmanchah fond bleu à fleurs, bordure crème à ornements géométriques.

22 — Tapis du Kurdistan, dessin à bandes de feuillages en polychrome.

23 — Chemin Mir, fond rose velouté à palmettes, bordure fond blanc.

Long. 4m10. Larg. 0m96.

24 — Tapis de Farahan fond rouge vif, à palmettes et personnages au milieu d'ornements.

25 — Chemin de Farahan fond rouge velouté à palmettes, bordure à bandes polychromes.

Long. 3m45. Larg. 1m05.

26 — Tapis fin de Khorassan, fond bleu à dessins multicolores, rosaces et fleurs, médaillon au centre.

Long. 2m60. Larg. 1m60.

27 — Tapis de Farahan fond rouge, médaillons et angles.

28 — Tapis de Chiraz fond bleu foncé, petits médaillons de fleurs.

29 — Chemin fin du Kurdistan fond bleu velouté à palmettes, bordures fond blanc et rouge.

Long. 4m10. Larg. 1m05.

30 — Chemin de Farahan fond bleu foncé, dessin par bandes de fleurs et feuillages.

31 — Chemin fin Tarahan fond rouge à rosaces et arabesques.

Long. 2m95. Larg. 0m85.

31 *bis* — Chemin analogue.

Long. 3m. Larg. 0m85.

32 — Tapis de Farahan fond rouge vif, à fleurs et feuillages.

Long. 3m25. Larg. 1m60.

33 — Tapis du Khorassan fond bleu velouté, le centre à médaillon fond rose au milieu de fleurs et feuillages.

34 — Petit chemin Hamadanh, dessin mosaïque.

35 — Tapis Farahan fond jaune, dessin à palmettes.

Long. 4m. Larg. 1m85.

36 — Grand tapis de Farahan d'un coloris très rare, fond vert, décor à mosaïques de fleurs, rosaces et feuillages.

Long. 5m. Larg. 2m30.

37 — Grand tapis de Sarabend fond jaune à palmettes, bordure fond crème.

Long. 4m65. Larg. 1m90.

38 — Grand tapis de Khorassan fond bleu foncé velouté, à dessin de rosaces et feuillages.

Long. 5m30. Larg, 2m25.

39 — Grand tapis de Khorassan à rayures, fonds orange, bleu foncé et blanc à palmettes et rinceaux.

Long. 5^m60. Larg. 2^m10.

40 — Grand tapis de Sarabend fond rose à palmettes, bordure fond blanc.

Long. 3^m90. Larg. 1^m70.

41 — Chemin du Kurdistan fond bleu foncé à mosaïques.

Long. 4^m30. Larg. 1^m.

42 — Tapis du Bloudjistan fond bleu foncé velouté, dessin à mosaïques.

43 — Tapis Turcoman fond rouge velouté, dessin à carrelage de mosaïques.

44 — Chemin du Kurdistan fond bleu, dessin à rosaces au milieu d'ornements géométriques.

Long. 5^m. Larg. 0^m90.

45 — Tapis de Farahan fon bleu velouté à carrelages de motifs fleuronnés, fleurs et arabesques aux angles, bordure fond crème.

Long. 3^m. Larg. 1^m50.

46 — Grand tapis de Chiraz fond bleu, carrelages au milieu d'ornements.

Long. 3^m75. Larg. 2^m10.

47 — Tapis fin de Khorassan, fond bleu velouté à dessins de fleurs et rosaces au milieu d'arabesques.

Long. 3m85. Larg. 1m60.

48 — Tapis double face de Sineh.

49 — Tapis double-face de Sineh.

50 —. Tapis double face de même provenance.

51 — Tapis double face, de même provenance.

52 — Grand tapis double face, de Sineh, fond bleu à palmettes.

Long. : 4 m. ; larg. : 1 m. 70.

53 — Grand tapis double face de Chiraz, fond rouge à carrelages et mosaïques.

54 — Dessus de selle du Kurdistan fond bleu, dessin très fin à arabesque, bordure fond jaune.

55 — Deux petits tapis de Farahan, fond bleu à médaillons.

Pour dessus de coussins.

56 — Dessus de coussin Turcoman fond bleu foncé.

57 — Dessus de coussin de même provenance.

58 — Deux carrés de coussins du Kurdistan. fond bleu foncé.

59 — Chemin de Heriz en poils de chameau fond crême, dessin à médaillons de rosaces et mosaïques, sur un champ de carrelages fleuronnés, bordure havane.

Long. : 5 m.; larg. 1 m.

60 — Chemin de même provenance et même dessin.

Long. : 4 m. 85; larg. : 1 m.

61 — Tapis fin du Bloudjistan fond bleu foncé velouté, dessin à médaillons de rosaces.

62 — Tapis de Khorassan, fond bleu à fleurs et rosaces au milieu d'arabesques.

Long. : 3 m. 40; larg. : 1 m. 70.

63 — Tapis de Bloudjistan, fond bleu velouté à rosaces et palmes au milieu de mosaïques.

Long. : 2 m. 30; larg. 1 m. 30.

64 — Tapis Kirman fond paille, dessin très fin offrant au centre un médaillon, angles à fleurs et arabesques.

Long. ; 1 m. 80; larg. : 1 m. 35.

65 — Tapis fin Kirman fond rose velouté, dessin à palmettes, bordure à fleurs et rosaces sur un fond vert.

Long. : 1 m. 90; larg. : 1 m. 30.

66 — Tapis fin Kirman fond rose velouté, à dessin de fleurs et arabesques, bordure à fleurs et rosaces sur un fond vert clair.

Long. : 1 m. 75; larg. : 1 m. 35.

67 — Grand tapis fin de Khorassan fond bleu velouté à fleurs au milieu d'arabesques, médaillon au centre et angles.

Long. : 5 m. ; larg. : 2 m. 10.

68 — Tapis en soie fond vert olive, le milieu avec portique, les côtés à arabesques, bordure fond bleu ciel.

Long. : 1 m. 65 ; larg. : 1 m. 15.

69 — Tapis de soie fond cerise, le milieu à médaillon de fleurs en deux compartiments, entourage d'arabesques, bordure crême.

Long. : 1 m. 80 ; larg. : 1 m. 40.

70 — Tapis double face très fin de Sineh, fond bleu à palmettes.

Très rare.

Long. : 1 m. 75 ; larg. : 1 m. 35.

71 — Tapis double face très fin de Sineh, fond bleu représentant des poissons au milieu d'arabesques.

Pièce rare.

Long. : 1 m. 85 ; larg. : 1 m. 30.

72 — Bande du Turcoman, offrant en relief des dessins archaïques sur un fond blanc.

Pièce rare en parfait état.

Long. : 15 m. ; larg. : 0 m. 52.

BRODERIES

BROCARTS, GLETS PERSANS, VELOURS TOILES IMPRIMÉES

73 — Tapis en velours rouge richement brodé de fils d'or, d'argent et de soie offrant au centre une rosace et sur les côtés des oiseaux, feuillages, ornements et inscriptions..

74 — Tapis en laine rouge, brodé d'or et de soie à fleurs et palmes.

75 — Tapis brodé de soie à semis de fleurs, et rosaces au centre, sur toile fond crême.

76 — Panneau richement brodé d'or et de soie, à fleurs et arabesques, le centre à rosace sur fond bleu.

77 — Panneau analogue brodé sur velours rouge.

78 — Tapis en velours noir richement brodé de fils d'or et d'argent, décor oiseaux, feuillage et rosaces.

79 — Costume de femme, composé d'une tunique et d'un pantalon en satin cerise et d'une ceinture en fils d'or et de soie à semis de fleurs, bordure en brocart, dessin très fin à fleurs et rosaces sur fond jaune. XVIIIe siècle.

Très rare.

80 — Pantalon de femme formé de bandes de soie de différentes nuances, brochées d'or et de soie, à fleurs. XVIIIe siècle.

81 — Deux tapis en velours rouge pour panneau, dessins palmettes et rayures multicolores.

82 — Trois tapis en velours rouge pour grands coussins, dessin à palmettes et ornements.

83-84 — Deux petits tapis en velours de Kachan, dessin à carrelages fleuris et palmettes sur fond tissé d'or. XVIIe siècle.

85 — Gilet persan à fleurs, palmes, rosaces et ornements.

86 — Gilet persan broderie extra-fine, soie sur toile.
Pièce rare en parfait état.

87 — Deux gilets persans, broderie représentant des oiseaux et des fleurs, sur un fond tissé d'or.

88-89 — Sept autres gilets persans à dessins très fins.

90 à 92 — Trois petits panneaux en brocart tissé d'or et de soie, dessin à fleurs, palmettes et rosaces, dont un brodé à fleurs et oiseaux. XVIIe siècle.

93 — Panneau en brocart fond rouge, dessin à palmettes. XVIIe siècle.

94 — Panneau en brocart fond jaune, dessin à rosaces, bordure à palmettes sur fond bleu foncé. XVIIe siècle.

Pièce rare.

95 — Panneau en brocart, offrant des fleurs et rosaces au milieu d'arabesques en soie sur fond d'or. XVIIe siècle.

Pièce rare.

96 — Panneau en brocart, dessin à fleurs et rosaces sur fond d'or. XVIIe siècle.

97 — Panneau en brocart, dessin à palmettes sur fond d'or. XVIIe siècle.

Pièce rare.

98 — Panneau carré en brocart, tissé de soie et d'argent, fond rose, dessin à palmettes. XVIIe siècle.

99 — Trois panneaux en satin broché d'or et de soie, dessin à fleurettes et palmettes sur fonds bleu et rouge. XVIIe siècle.

100 — Panneau en soie brochée d'or et de soie, dessin à fleurs bordure rouge. XVIIe siècle.

Pièce rare.

101 — Panneau tissé d'or et de soie à palmettes, fond bleu, belle bordure en brocart d'or et de soie à rosaces au milieu d'entrelacs. XVIIe siècle.

102 — Panneau en soie fond orange, brochée à fleurettes, bordure à rayures. XVIIIe siècle.

103 — Panneau long en brocart fond rouge, dessin à palmettes en jaune et bleue fils d'or. XVIIIe siècle.

104 — Panneau long en brocart fond orange, dessin à palmettes lamées d'or. XVIIIe siècle.

105 — Dessus de tabouret de piano en velours rouge richement brodé d'or, à fleurs et rosaces.

106 — Panneau en soie fond rouge, bordure jaune, dessin à palmettes, fleurs et arabesques, brodé de paillettes et au chenillé.

107 — Panneau en broderie ajourée à carrelage et rosaces, en soie multicolore.

Pièce rare et curieuse du XVIIe siècle.

108 — Deux châles en mousseline bleue et rouge, tissée d'or à carrelages et fleurs.

109 — Paire de bottes et sandales en velours violet richement brodé d'or, à fleurs et arabesques.

110 — Paire de babouches en laine multicolore.

111 — Burnous en soie bleu ciel, dessin tissé d'or et de soie.

112 — Petit tapis de prière ancien en toile très finement brodée à jour en soie crème.

113 — Trois petits tapis de prière analogues, anciens.

114 — Trois petits tapis anciens analogues, finement brodés.

115 — Panneau en broderie de soie, dessin très fin par bandes à fleurs, guirlandes et oiseaux au milieu d'arabesques, fond havane.

Pièce rare et curieuse.

116 — Panneau en soie fond jaune, à palmettes en soie rouge.

117 — Grand panneau carré en toile très fine imprimée à palmes, fleurs et oiseaux au milieu d'arabesques sur fond blanc.

118 — Panneau en toile imprimée fond rouge à semis de palmettes.

119 — Grand panneau en toile imprimée et dorée à fleurs et oiseaux au milieu d'arabesques, bordure à inscriptions.

120 — Deux petits panneaux en toile imprimée et dorée à carrelages fleuris, oiseaux et fleurs au milieu d'arabesques.

121 — Panneau en toile imprimée à fleurs, oiseaux et arabesques.

122 — Petit panneau en toile imprimée à rosace et palmettes sur fond rouge.

123 — Trois tapis de prière en toile imprimée à fleurs et arabesques.

124 — Panneau en toile imprimée offrant au centre des médaillons à fleurettes, bordure à fleurs et arabesques.

125 — Quatre rideaux en toile imprimée à fleurs et oiseaux au milieu d'arabesques, bordure à inscriptions.

126 — Robe de chambre en soie crème, finement piquée.

127 — Bonnet de même travail.

128 — Pantoufle blanche (allant avec le costume).

129 — Peinture sur toile représentant des Musiciennes et Danseuses.

130 — Petit tapis carré, en toile finement brodée et ajourée, à étoiles et ornements géométriques. Travail ancien.

131 — Petit tapis ancien analogue.

132 — Echarpe ancienne en toile brodée et ajourée.

133 — Deux rideaux en toile brodée de soie crème.

134 — Trois carrés de différentes grandeurs en broderie analogue.

135 — Napperon et six serviettes à thé en toile brodée de soie crème.

136 — Trois serviettes à thé analogues.

ANCIENNES FAIENCES DE PERSE

PLAQUES DE REVÊTEMENT — PORCELAINES

137 — Plat creux offrant à l'intérieur des paons, au milieu de feuillages à reflets métalliques sur fond blanc, bordure extérieure à reflets métalliques à dessin noir sur fond bleu. xve siècle.

138 — Plat creux à reflets métalliques à fleurs et feuillages à l'intérieur et à l'extérieur. xve siècle.

139 — Bol à reflets métalliques, décor à fleurs à l'intérieur et à l'extérieur. xve siècle.

140 — Crachoir en faïence fond bleu rehaussé d'or à fleurs et oiseaux. xve siècle.

141 — Grande bouteille en ancienne faïence. à panse renflée, décor à palmettes et médaillons d'arabesques en bleu et vert.

142 — Bouteille à panse aplatie en ancienne faïence, paysages en bleu sur fond blanc.

143 — Narghilé en ancienne faïence, dessin bleu et rouge sur fond blanc.

144 — Narghilé en ancienne faïence, oiseaux et fleurs en bleu sur fond blanc.

145 — Bouteille en ancienne faïence décorée d'animaux en bleu sur blanc.

146 — Vase décor bleu sur blanc.

147 — Vase décor à rochers et paysages en bleu sur blanc.

148 — Vase dessin noir sur fond turquoise.

149 — Bouteille carrée, dessin noir sur fond turquoise.

150 — Petit vase à côtes en vert céladon.

151 — Petit vase en bleu turquoise craquelé.

152 — Narghilé dessin bleu sur blanc à panse noircie.

153 — Boîte à épices décor bleu sur blanc.

154 — Petit flacon décor bleu sur blanc.

155 — Crachoir dessin vert et bleu.

156 — Petite bouteille à carrelages en bleu sur blanc.

157 — Petit vase décor blanc sur fond havane.

158 — Petit vase de forme surbaissée, décor bleu sur blanc.

159 — Pigeon en faïence, décor bleu.

160 — Crachoir émaillé bleu foncé.

161 — Crachoir décor noir et bleu sur blanc.

162 — Carafe décor à animaux chimériques au milieu d'arabesques bleu sur blanc.

163 — Flacon à panse côtelée, décor bleu sur blanc.

164 — Bouteille carrée et à pans en faïence bleue foncé.

165 — Petit flacon à eau de rose, fleur en bleu sur blanc.

166 — Bougeoir forme chien, fond orange.

167 — Flacon à panse renflée en verre blanc.

168 — Grand plat décoré d'oiseaux de Paradis en bleu sur blanc.

169 — Assiette décorée d'un cavalier en bleu sur fond blanc.

170 — Assiette décor à fleurs et arabesques en noir sur fond turquoise.

171 — Cinq assiettes en faïence blanche et bleue.

172 — Cinq grands plats décors variés bleu et polychrome sur fond blanc.

173 — Quatre assiettes décors à fleurs et personnages en polychrome.

174 — Plat en porcelaine de Boukhara, décor à fleurs en relief, en rose et vert.

175 — Quatre plats en porcelaine à décor polychrome.

176 — Neuf assiettes et deux soucoupes à décors variés.

177 — Huit plats en porcelaine, décor à fleurs en polychrome.

178 — Deux grands plats décor à fleurs en relief, polychrome.

179 — Quatorze pièces en faïence polychrome, vases jardinières, bouteilles, etc.

Sera divisé.

180 — Grande plaque de revêtement en faïence fond bleu à reflets métalliques, inscriptions arabes en relief.

Provenant de fouilles de Hamadan, xve siècle.

181 — Grande plaque de revêtement en faïence à reflets métalliques et coulées d'émaux, inscriptions arabes en relief en bleu, le haut à bordure ornementée, xve siècle.

182 — Grande plaque de même travail xve siècle.

183 — Grande plaque de même travail, xve siècle.

184 — Deux plaques de revêtement de forme rectangulaire à reflets métalliques, inscriptions arabes en bleu.

Provenant de fouilles, xve siècle.

185 — Plaque de revêtement en faience blanche, à double inscription en relief et en émaux sur un champ de feuillages.

Pièce rare du xvie siècle.

186 — Plaque de revêtement, inscriptions arabes en relief sur fond blanc, bordure à reflets métalliques.

Pièce rare du xve siècle, provenant d'une mosquée de Varamine.

187 — Carreau en faience forme étoile, avec cerf en relief, fond à reflets métalliques, xvie siècle.

188 — Carreau forme étoile à personnages et inscriptions en bleu et reflets métalliques, xvie siècle.

189 — Carreau forme étoile, oiseaux et animaux au milieu d'arabesques en bleu et reflets métalliques, xvie siècle.

190 — Carreau forme étoile à reflets métalliques, bordure bleue xvie siècle.

191 — Quatre carreaux forme étoiles en faience à reflets métalliques.

192 — Plaque de revêtement en faience, inscriptions en relief en blanc sur fond bleu, bordure sur les deux côtés.

193 — Deux plaques rectangulaires de même travail.

194 — Plaque de cheminée en faience à personnages et bordure en bleu sur fond blanc.

195 — Suite de vingt-huit carreaux en faience, à personnages, marchands persans au bazar, avec légendes dans le haut.

196 — Six plaques de revêtement en faience, décor à cavaliers et rois en relief sur fond bleu.

197 — Deux plaques plus petites de même travail.

198 — Plaque de forme octogonale en faience à personnages.

ARMES ANCIENNES

199 — Armure en acier incrusté d'or et d'argent composée d'un casque surmonté d'une tête de paon, d'un bouclier avec soleil au centre et inscriptions sur les bords et d'un brassard, orné d'un poisson.

200 — Casque et brassard de même travail, incrustés d'argent, cavaliers, animaux et inscriptions.

201 — Bouclier ancien en cuir de rhinocéros rehaussé de dorure et clouté de cuivre.

202 — Bouclier ancien en cuir noir et clouté d'argent.

203 — Deux poudrières anciennes en cuir gravé.

204 — Fusil à long canon batterie et appliques d'or, crosse contournée incrustée de nacre. XVIe siècle.

Pièce rare.

205 — Hache en acier damasquiné et incrusté d'or, avec inscriptions.

206 — Pistolet, canon damasquiné, batterie incrustée d'or. XVIIIe siècle.

207 — Pistolet, canon damasquiné et incrusté d'or, crosse guillochée. XVIe siècle.

208 — Pistolet canon gravé et incrusté d'or, crosse incrustée de nacre. XVIe siècle.

209 — Pistolet tromblon, canon gravé et incrusté d'or, crosse et fût, finement incrustés d'argent à fleurs et arabesques.

210 — Couteau lame et monture richement incrustées d'or, manche en ivoire. XVIIe siècle.

Pièce rare.

211 — Couteau lame incrustée d'or à inscriptions, manche en ivoire. XVIIe siècle.

212 — Couteau lame damasquinée et incrustée d'or, manche en agate. XVIIe siècle.

213 — Deux couteaux lames et manches damasquinés et incrustés d'or.

214 — Poignard à lame flamboyante incrustée d'or, manche en ivoire sculpté à personnages.

215 — Yatagan à lame courbe gravée et à gouttières, poignée en ivoire sculpté à personnages. XVIIe siècle.

216 — Poignard à lame courbe évidée et incrustée d'or, manche en ivoire sculpté à personnages.

217 — Poignard à lame courbe et damasquinée, manche en agate dite suleimani.

218 — Poignard à lame courbe, fourreau et manche richement incrustés d'or à personnages, fleurs, animaux et volatiles.

219 — Poignard à trois lames, celle du milieu à trois pointes, fourreau et poignée finement gravés, à personnages, oiseaux au milieu d'arabesques, incrustations d'or.

220 — Poignard lame plate à gouttière, finement incrustée d'or, manche en ivoire vert.

221 — Poignard lame plate à gouttière, très finement incrustée d'or, manche en corne.

222 — Grand poignard lame plate à gouttière, incrustée d'or à inscriptions, manche en ivoire.

223 — Sabre à lame courbe richement incrustée d'or, inscription indiquant qu'il a appartenu au Shah Tahmasseb, poignée en ivoire, quillons droits incrustés d'or. XVIe siècle.

224 — Sabre à lame courbe appliques du fourreau et poignée gravées à fleurs et arabesques.

225 — Poignard lame plate à gouttière, incrustée d'or, oiseaux et inscriptions, manche en ivoire.

OBJETS EN ACIER, CUIVRE
ET BRONZE

226 — Deux paons, en acier incrusté d'or et d'argent, queue ciselée et à jour.

227 — Deux coqs en acier de même travail.

228 — Deux pigeons en acier de même travail.

229 — Canard en acier incrusté d'argent.

230 — Deux vases à cols évasés en acier finement gravé et incrusté d'or et d'argent à personnages, animaux et oiseaux.

231 — Deux carafons en acier de même travail, dessins à feuillages et fleurs.

232 — Deux aiguières en acier de même travail, dessin à fleurs et oiseaux.

233 — Bol et plateau en acier gravé et incrusté d'or à personnages, animaux et fleurs.

234 — Plateau ovale forme à contours en acier gravé et incrusté d'or, à personnages, fleurs et oiseaux.

235 — Plateau rond de forme contournée en acier gravé et incrusté d'or à fleurs et arabesques.

236 — Cinq plateaux en cuivre finement gravé à personnages fleurs et arabesques.

237 — Coupe ancienne en bronze gravé et incrusté d'argent, bordure à inscriptions.

238 — Crachoir en cuivre gravé et incrusté d'argent à personnages.

239 — Poudrière ancienne en cuivre, applique d'argent à arabesques.

240 — Deux poudrières anciennes en cuivre gravé.

241 — Deux petites boites en cuivre gravé et incrusté d'argent.

242 — Deux sébiles en cuivre gravé.

243 — Coffret en cuivre ciselé et ajouré.

244 — Deux mouchettes en acier.

245 — Vase ancien à long col en cuivre gravé et incrusté d'argent.

246 — Deux jardinières anciennes en cuivre gravé et incrusté d'argent.

247 — Aiguière ancienne en bronze gravé à palmettes.

248 — Coupe ancienne dite Tilisme en cuivre gravé à inscriptions.

249 — Petite lampe en cuivre gravé.

250 — Lampe ancienne à suspendre en fer, avec sa chaîne.

251 — Lampe ancienne en cuivre gravé, avec plateau adhérent.

252 — Jet d'eau ancien en cuivre ciselé et gravé.

253 — Trois sébiles anciennes en cuivre gravé et étamé.

254 — Trois jardinières anciennes en cuivre étamé et gravé à inscriptions.

255 — Flacon grenade en cuivre ajouré.

256 — Pichet ancien en cuivre gravé.

257 — Jardinière en cuivre gravé et étamé.

258 — Marmite de voyage en cuivre gravé.

259 — Assiette ancienne en cuivre étamé et gravé, calculs astronomiques et sur les bords les signes du Zodiaque.

Inscription indiquant qu'elle a appartenu à un prince Arménien.

260 — Grande lanterne, forme lampion, le haut et le bas en cuivre gravé et ajouré.

261 — Grande jardinière en cuivre finement gravé.

262 — Deux étriers anciens en acier doré.

263 — Sonnette et presse-papier en acier forme pomme, incrustée d'or

264 — Ciseaux de tailleurs en acier gravé, avec inscriptions.

265 — Deux ciseaux en acier inscrusté d'or.

266 — Deux amulettes en acier incrusté d'argent.

267 — Amulette en acier incrusté d'or, avec inscription.

268 — Trois couteaux de poche.

269 — Encrier en acier plaqué or, avec inscriptions.

270 — Instrument d'astronomie en cuivre très finement gravé dit astrolabe.

271 — Poudrière et bracelet en acier inscrusté d'or.

272 — Deux étriers anciens en acier, doré et clouté de turquoises.

273 — Paires d'étriers anciens en fer.

274 — Deux mors anciens en acier doré.

OBJETS EN LAQUE

275 — Manuscrit, orné de miniatures et enluminures couverture en laque à fleurs sur fond vert à aventurine, intérieur à personnages.

276 — Manuscrit orné d'enluminures, jolie reliure en laque à fleurs.

277 — Manuscrit orné de miniatures et enluminures reliure de cuir gravé et doré.

278 — Album représentant des personnages persans, reliure en laque, arabesques dorées.

279 — Album représentant des anciens personnages persans, couverture en laque à personnages.

280 — Deux reliures de livre en laque à fleurs, dont une à décor doré et argenté.

281 — Beau miroir, en laque à fleurs et oiseaux sur fond aventurine.

282 — Petit miroir de même travail.

283 — Jeu de cartes.

284 — Collection de six encriers anciens en laque à personnages et fleurs.

Travail très fin. Seront divisés.

OBJETS DE VITRINE

285 — Miroir en bois sculpté et gravé, à fleurs et oiseaux.

286 — Collier perles en cristal faceté.

287 — Cachet cabochon en agate gravée.

288 — Deux crochets cloutés de turquoises.

289 — Ceinture de dame en filigrane d'argent doré.

290 — Trois petits émaux à personnages.

291 — Trois épingles de cravates en or ornées d'émaux.

292 — Deux bracelets en agate, finement gravée à inscriptions montures argent.

293 — Deux bracelets en imitation turquoise gravée, entourage en pierres montures argent.

294 — Deux agates finement gravées à inscriptions.

295 — Deux amulettes en agate montées argent.

296 — Collier avec pendentif en pierre gravée à personnages.

297 — Collier clouté d'argent, dit Youssour, pendentif en forme d'écusson.

298 — Objets omis.

www.ingramcontent.com/pod-product-compliance
Ingram Content Group UK Ltd.
Pitfield, Milton Keynes, MK11 3LW, UK
UKHW022005260726
13994UKWH00004B/1958

9 782329 386430